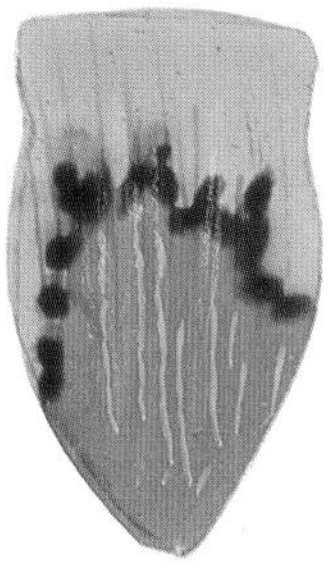

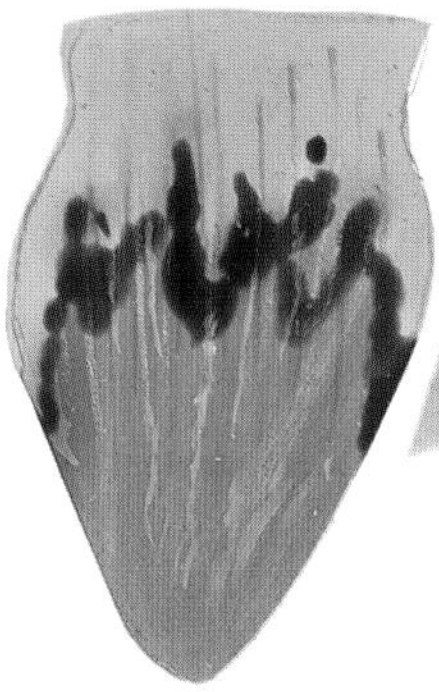

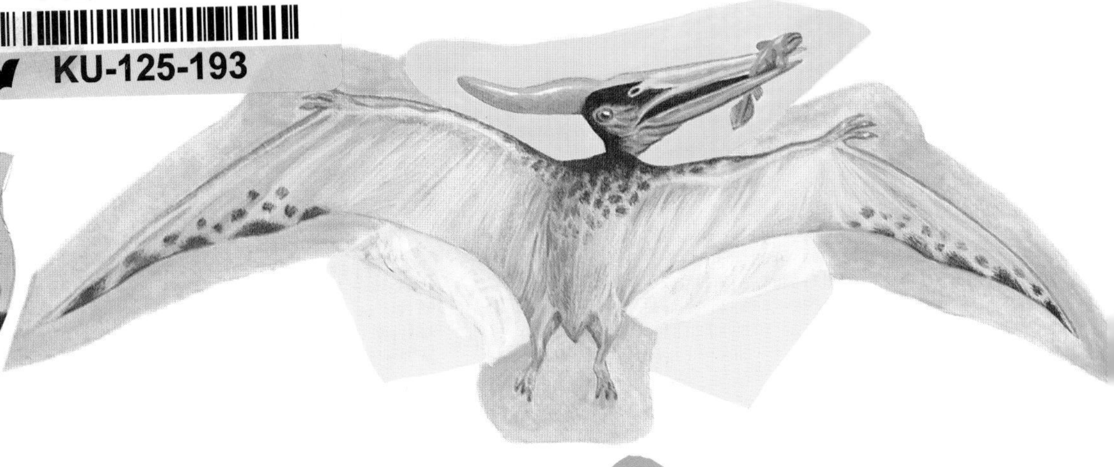

11

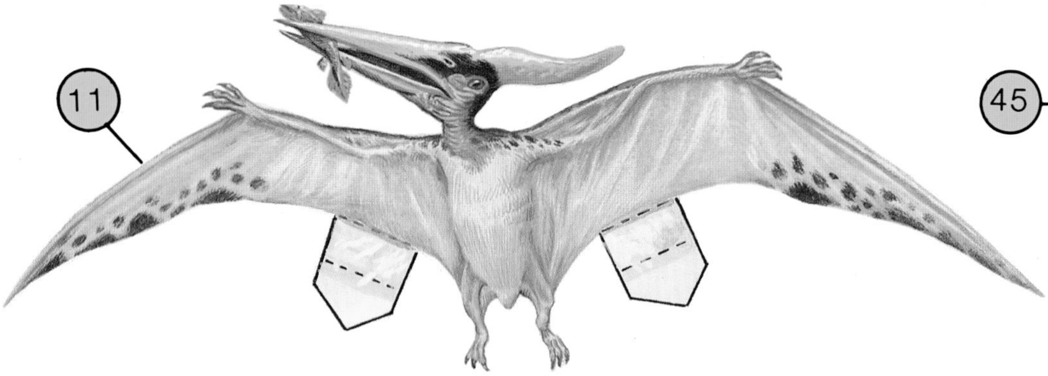

45

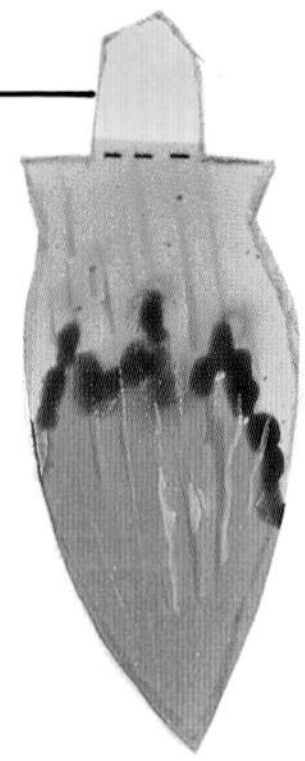

46

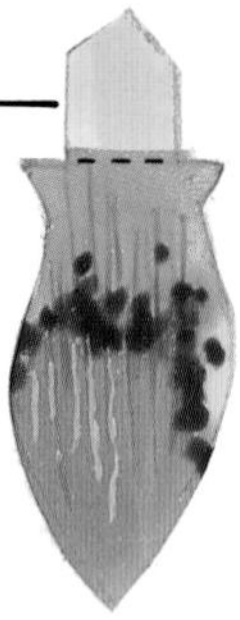

4

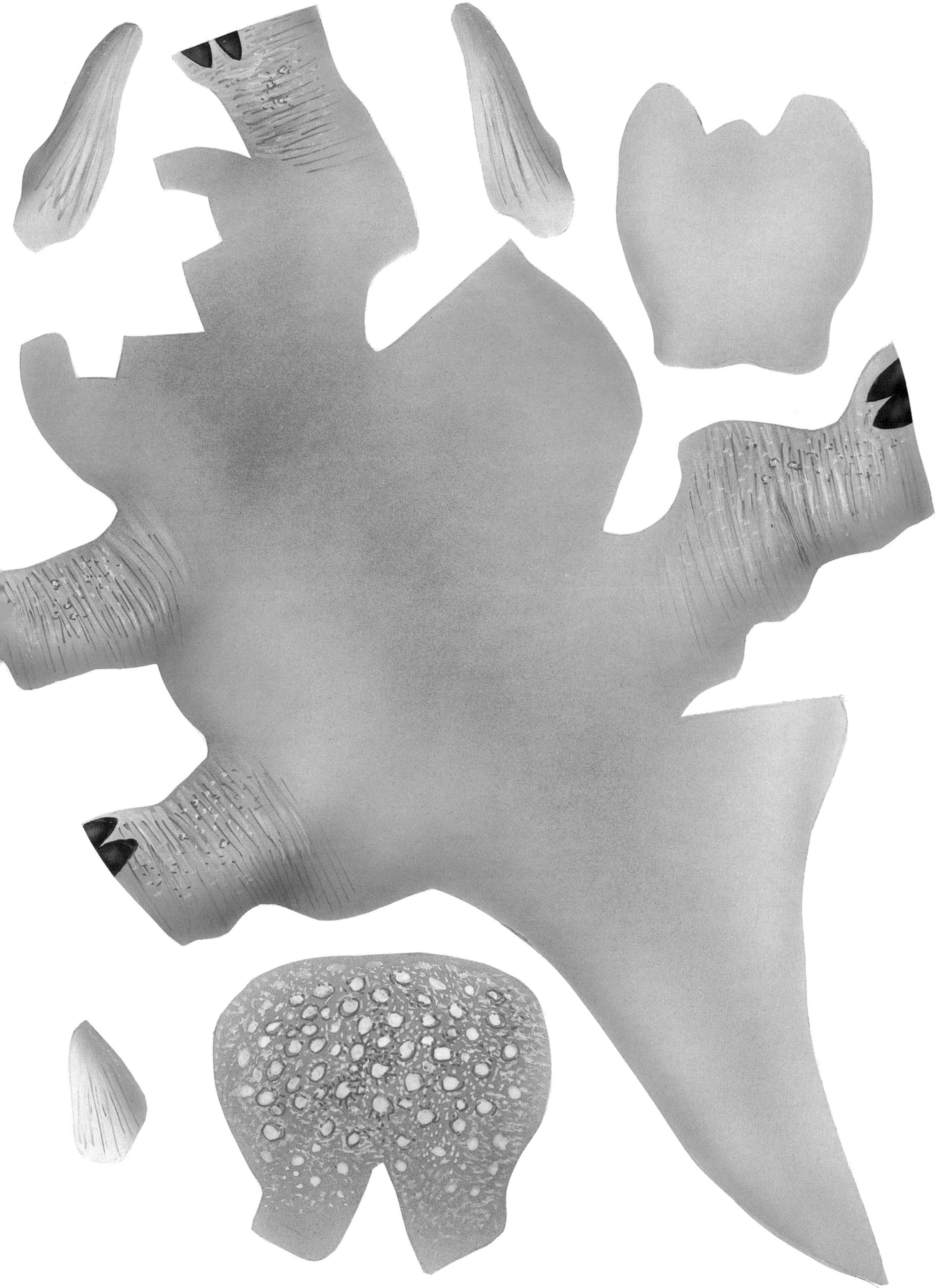

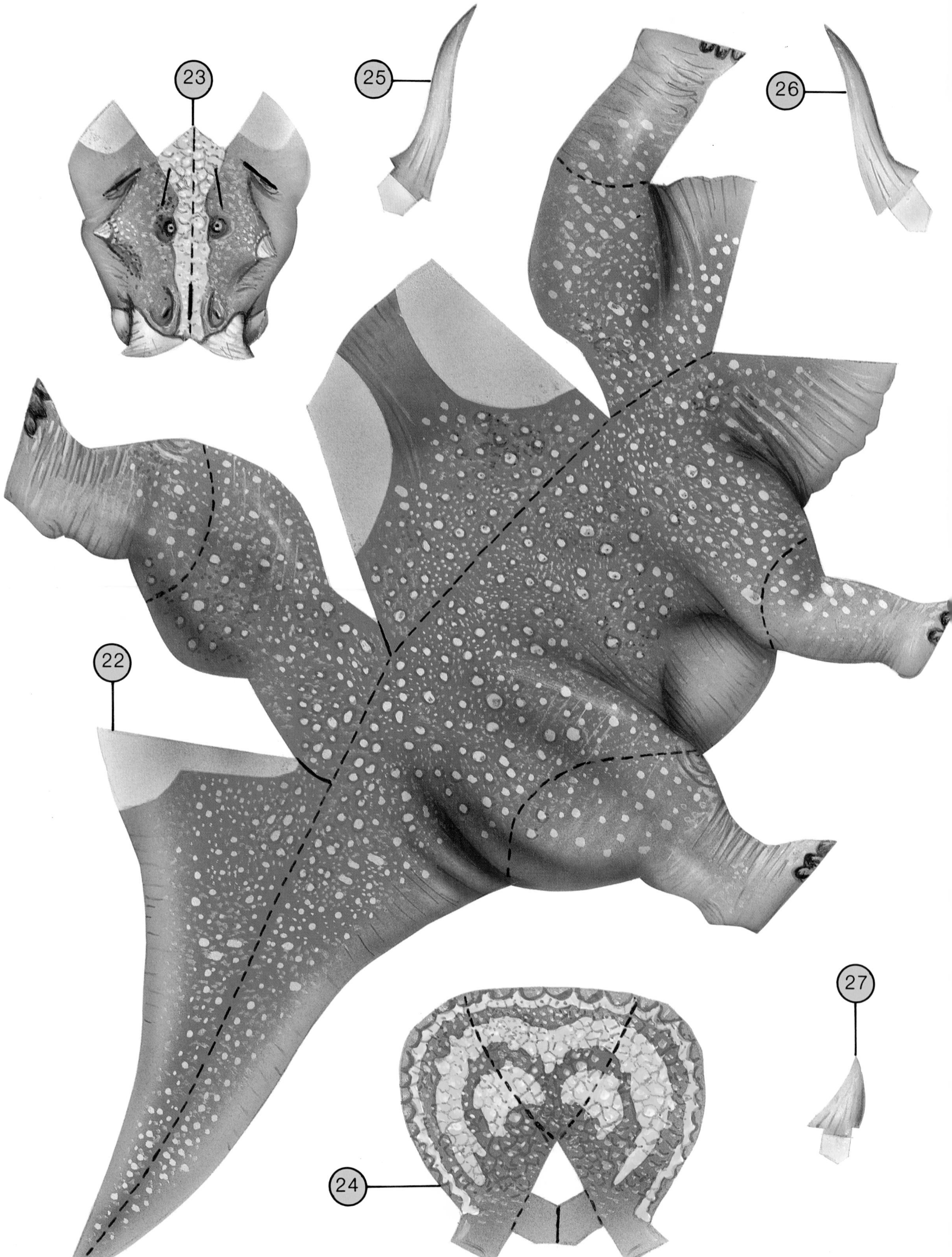
23
25
26
22
27
24

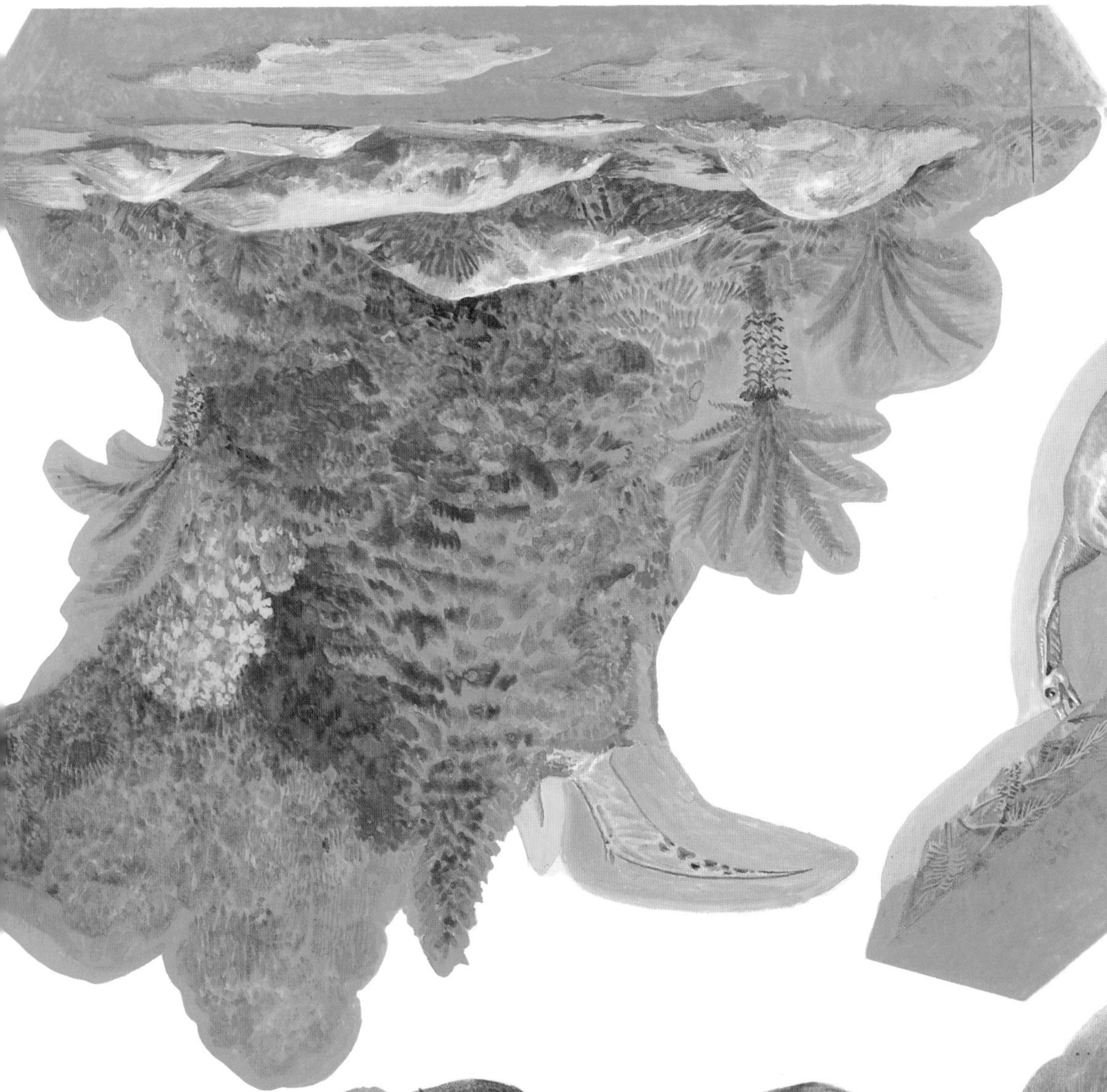

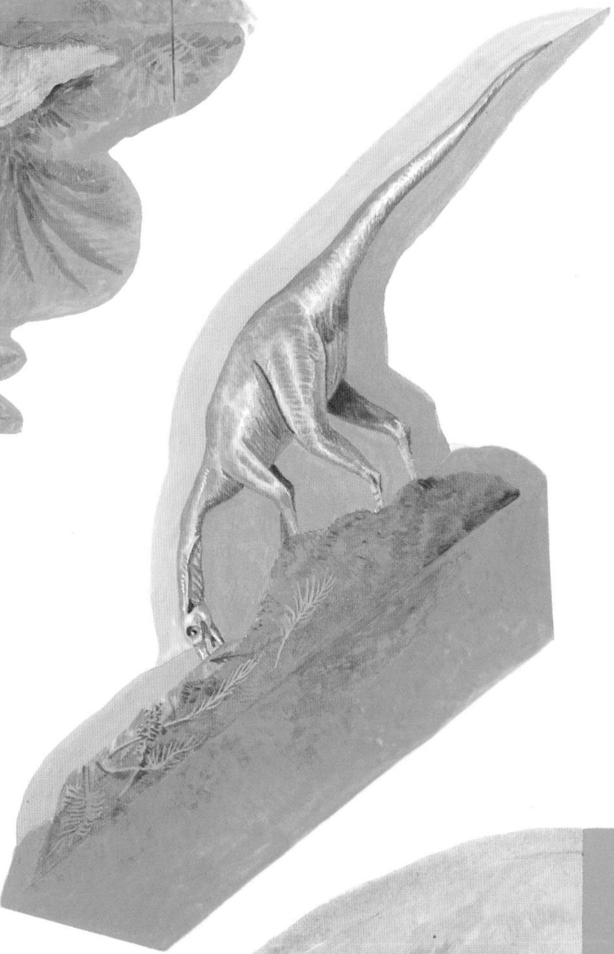

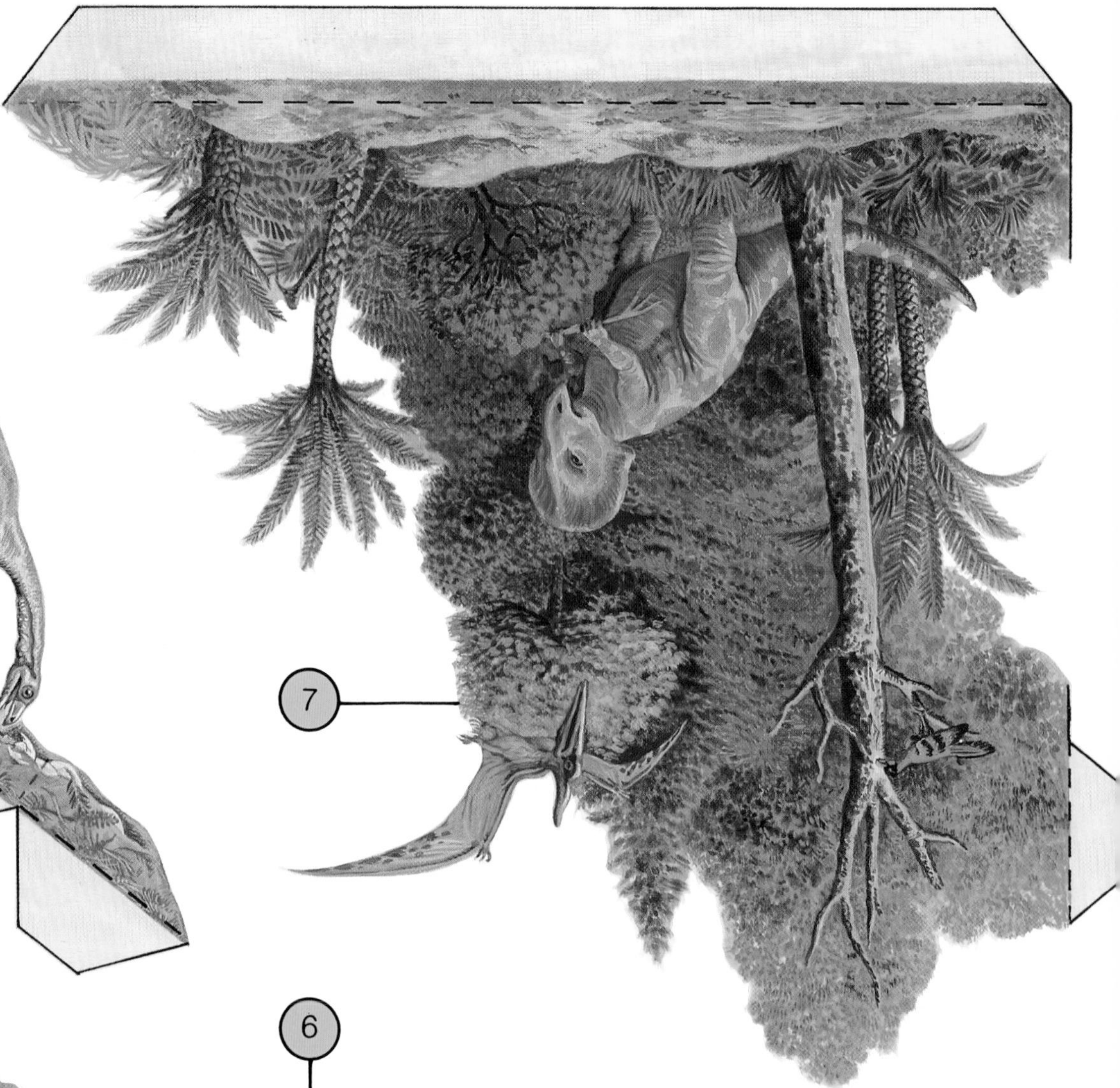

7

6

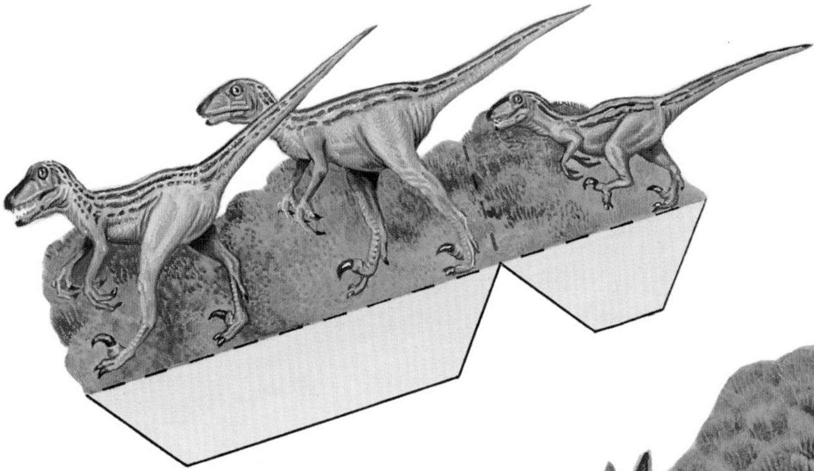

9

5

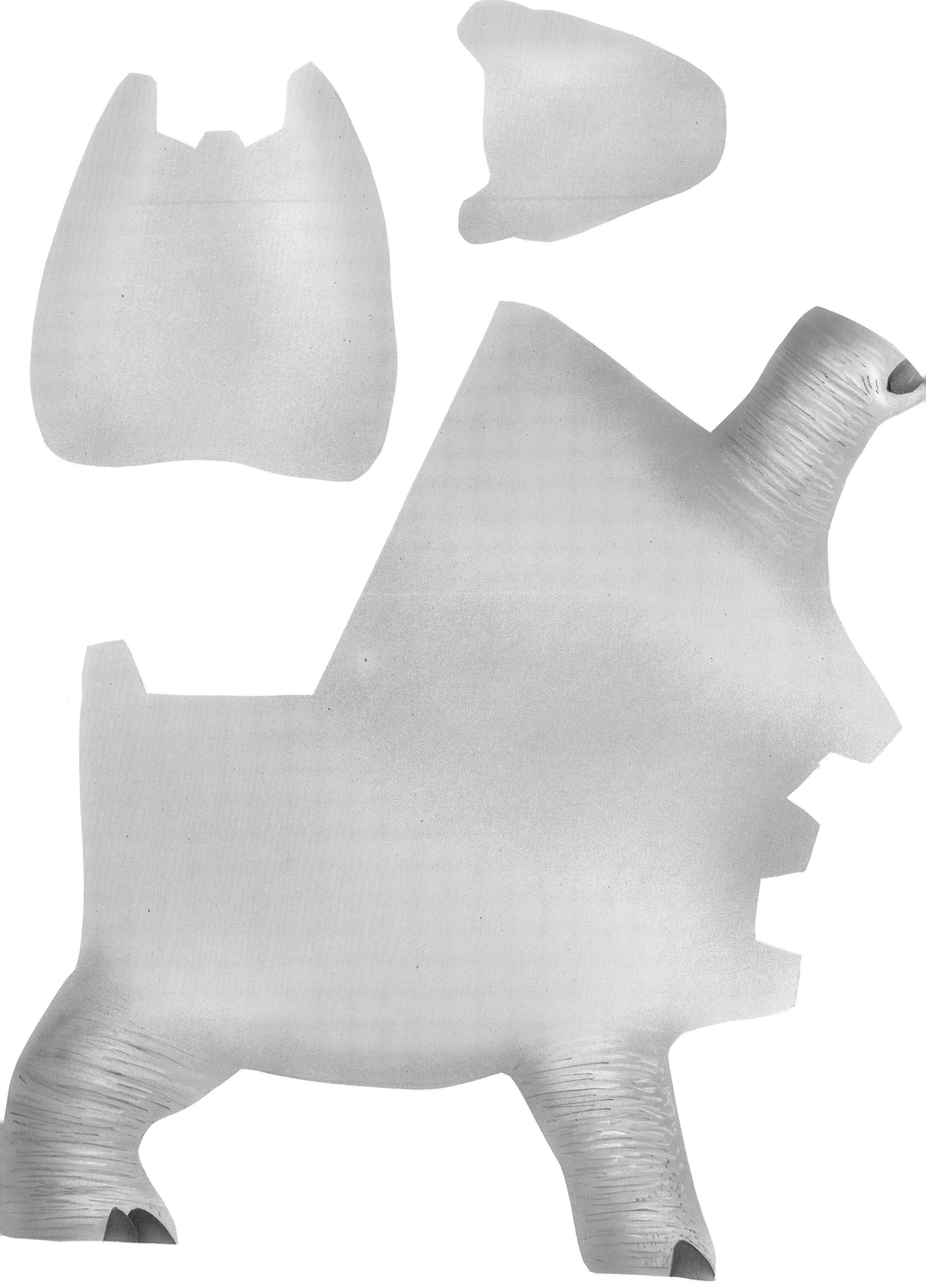

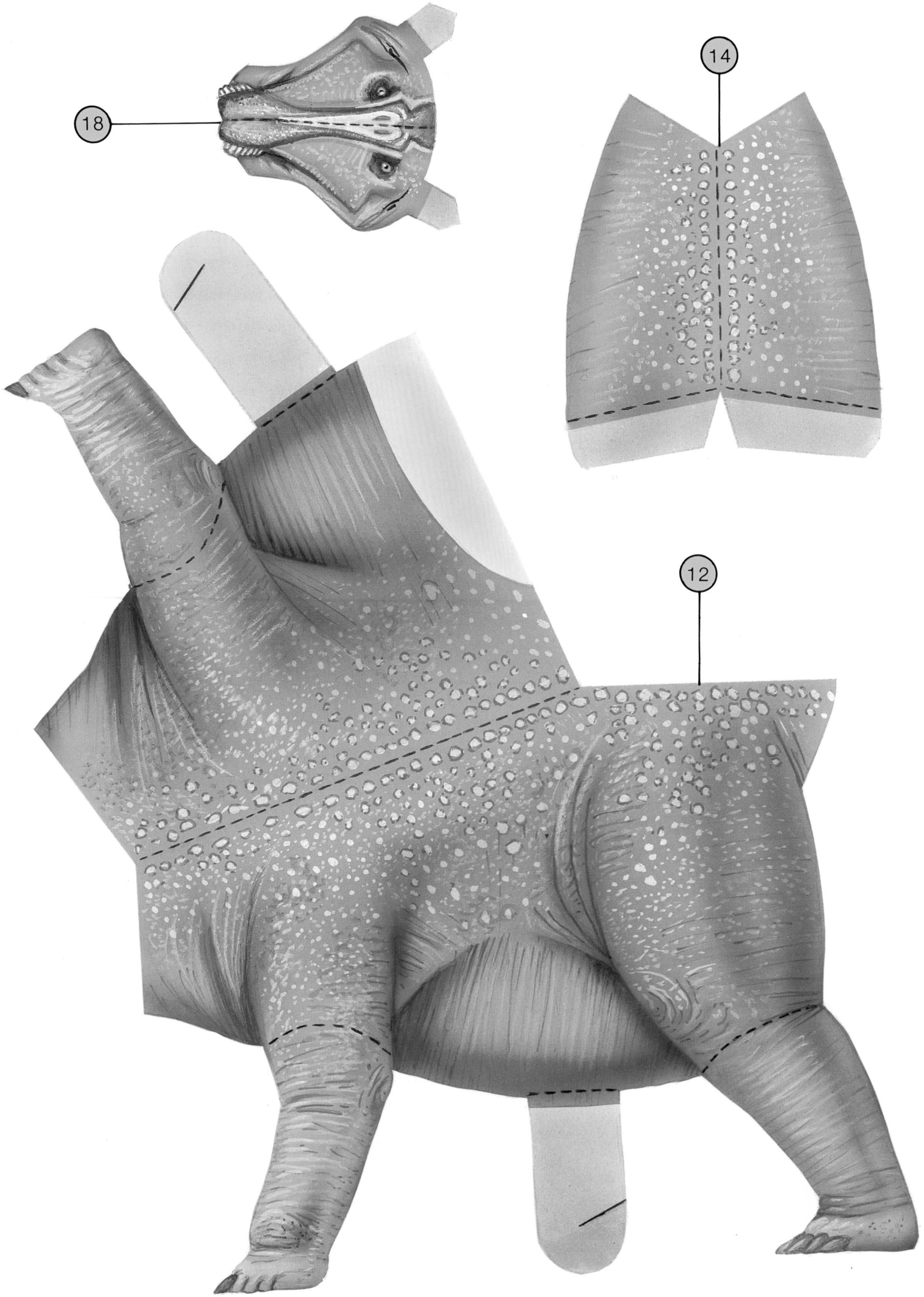
18
14
12

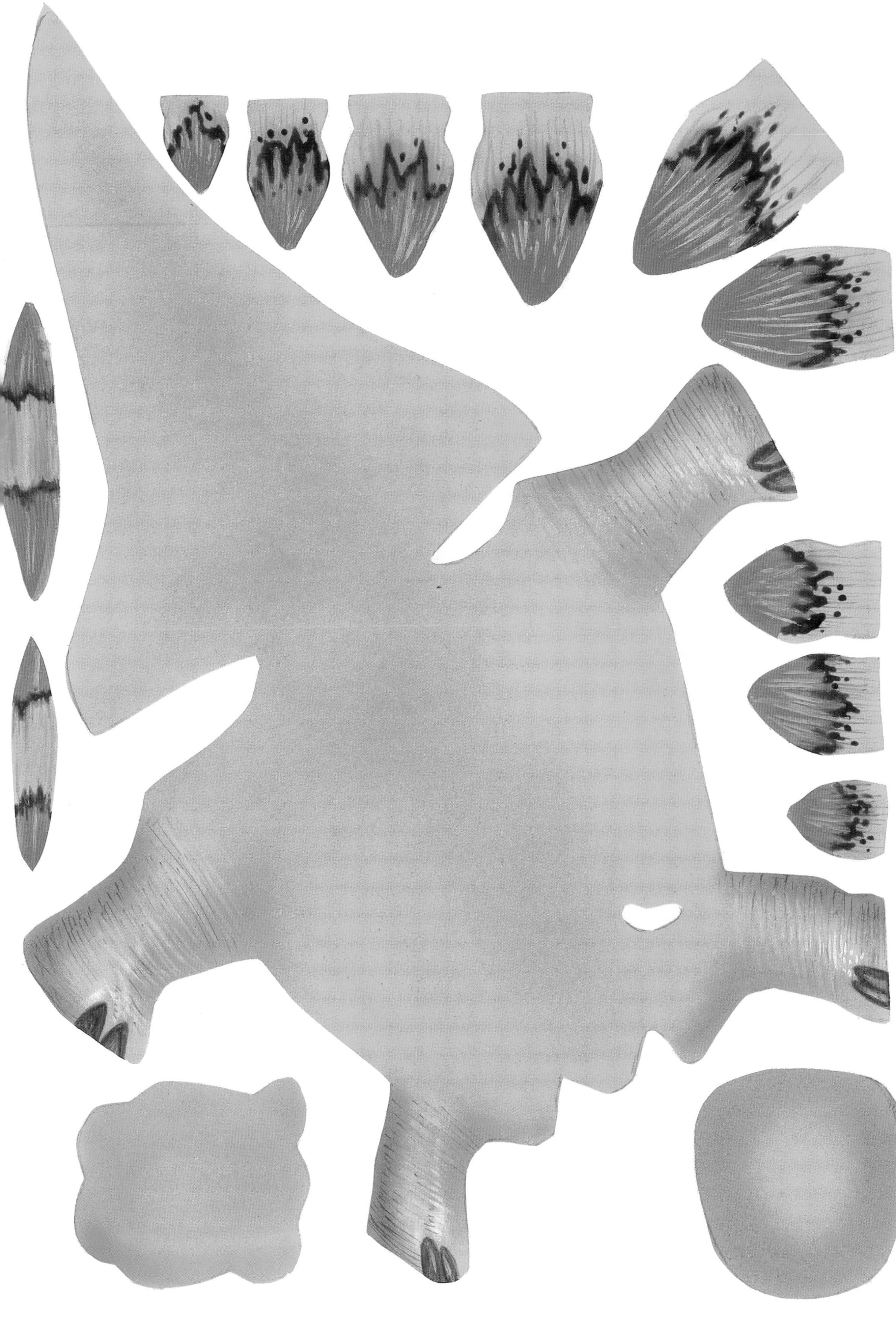

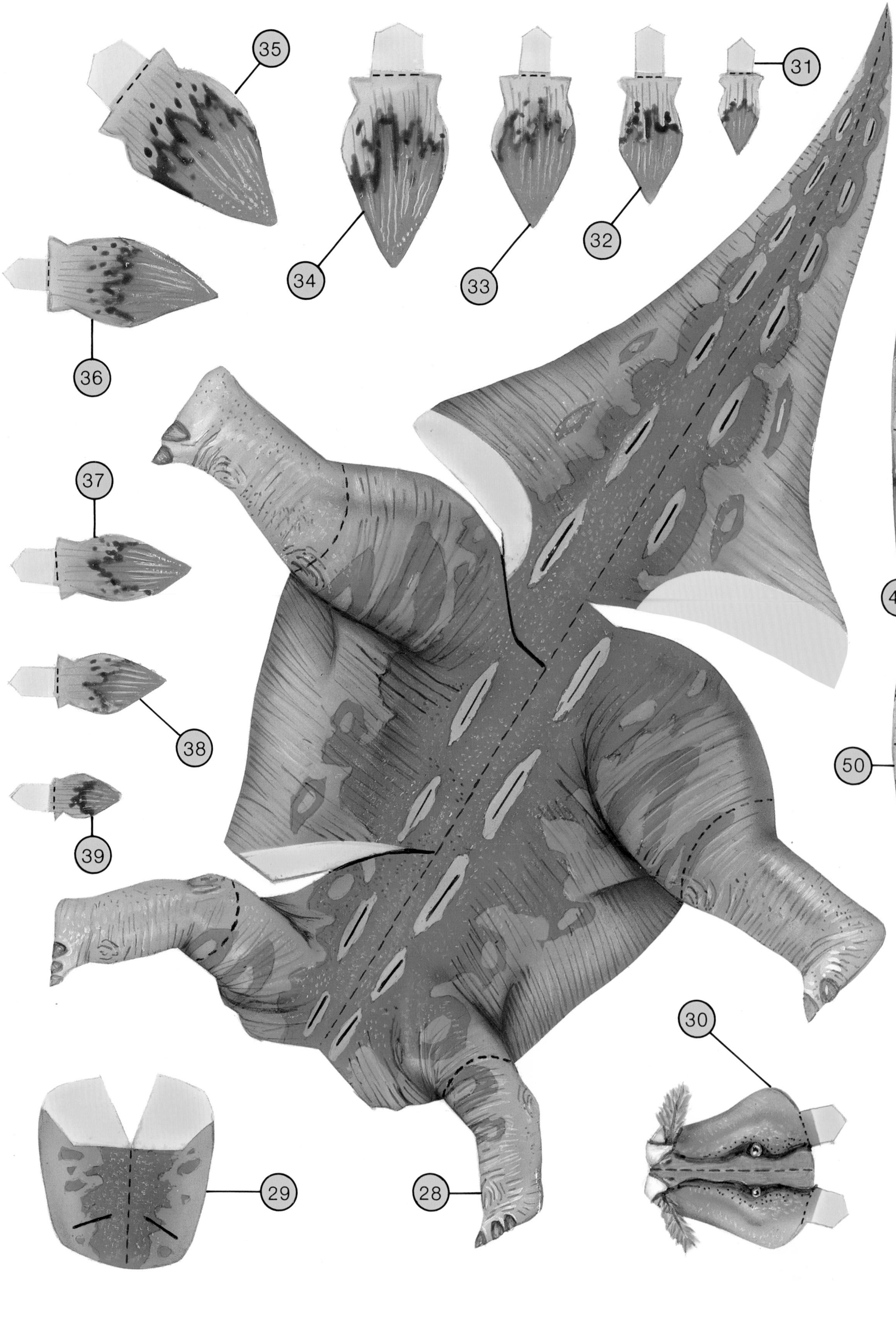
35
34
33
32
31
36
37
38
39
49
50
30
29
28

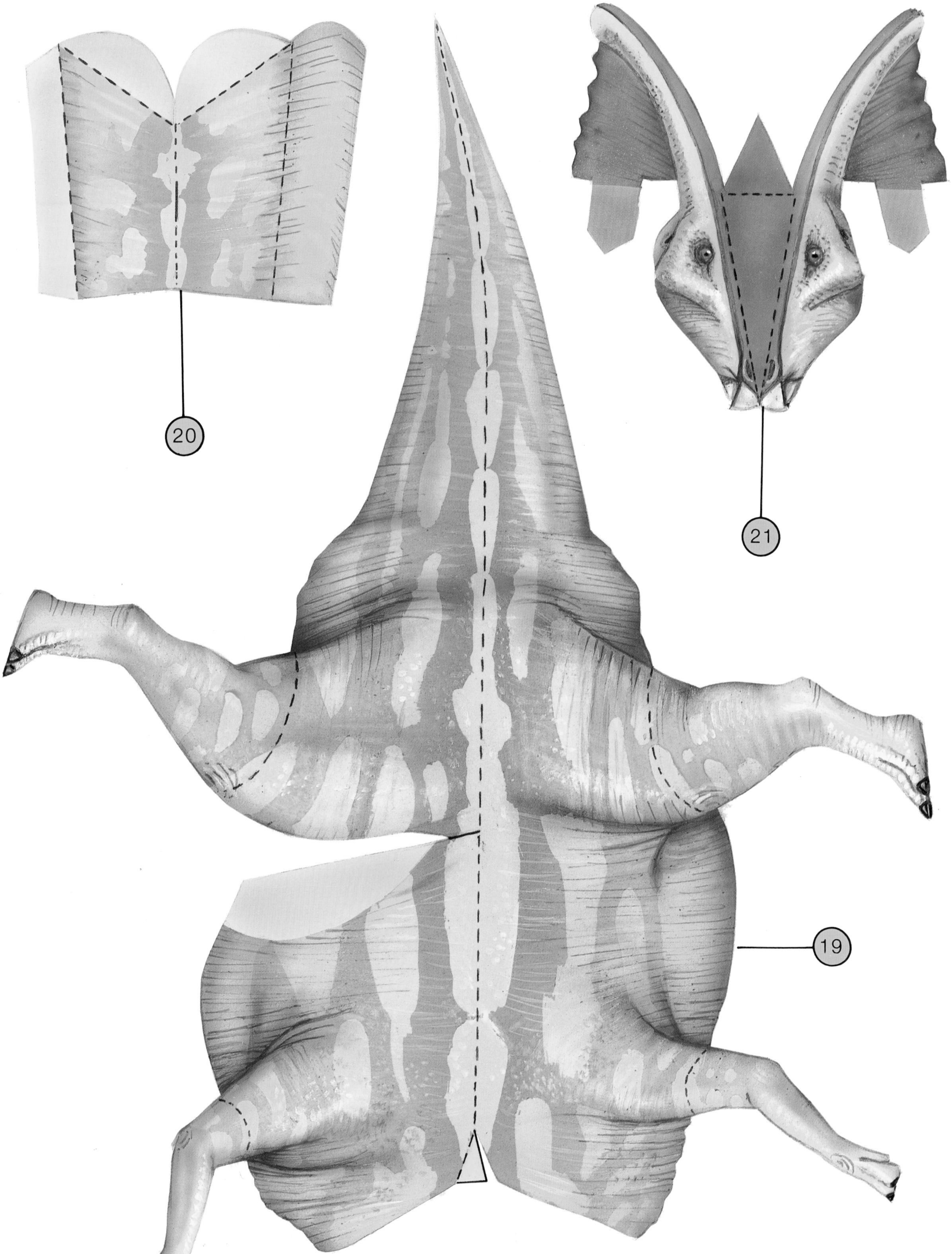
20
21
19

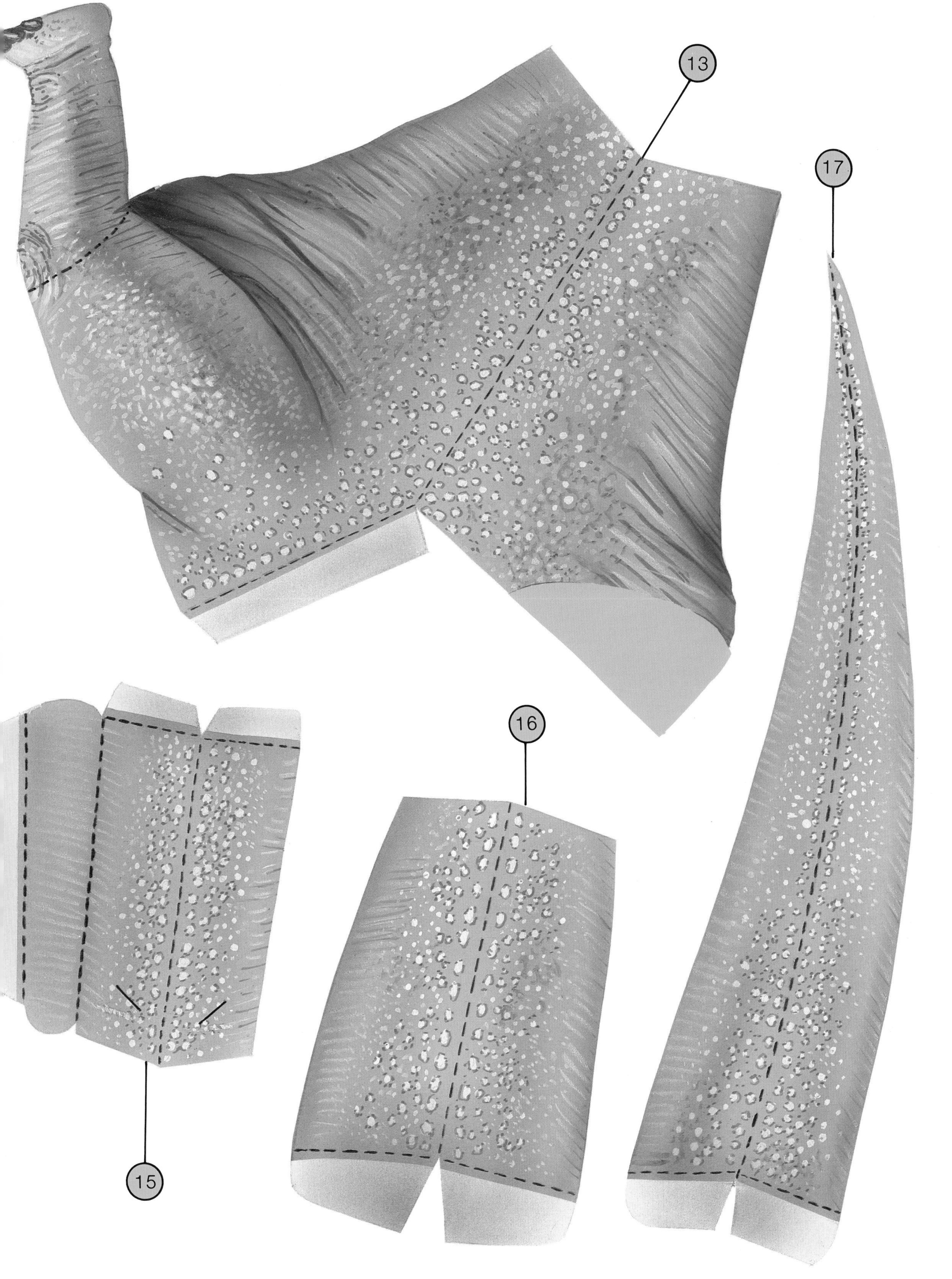
13
17
16
15

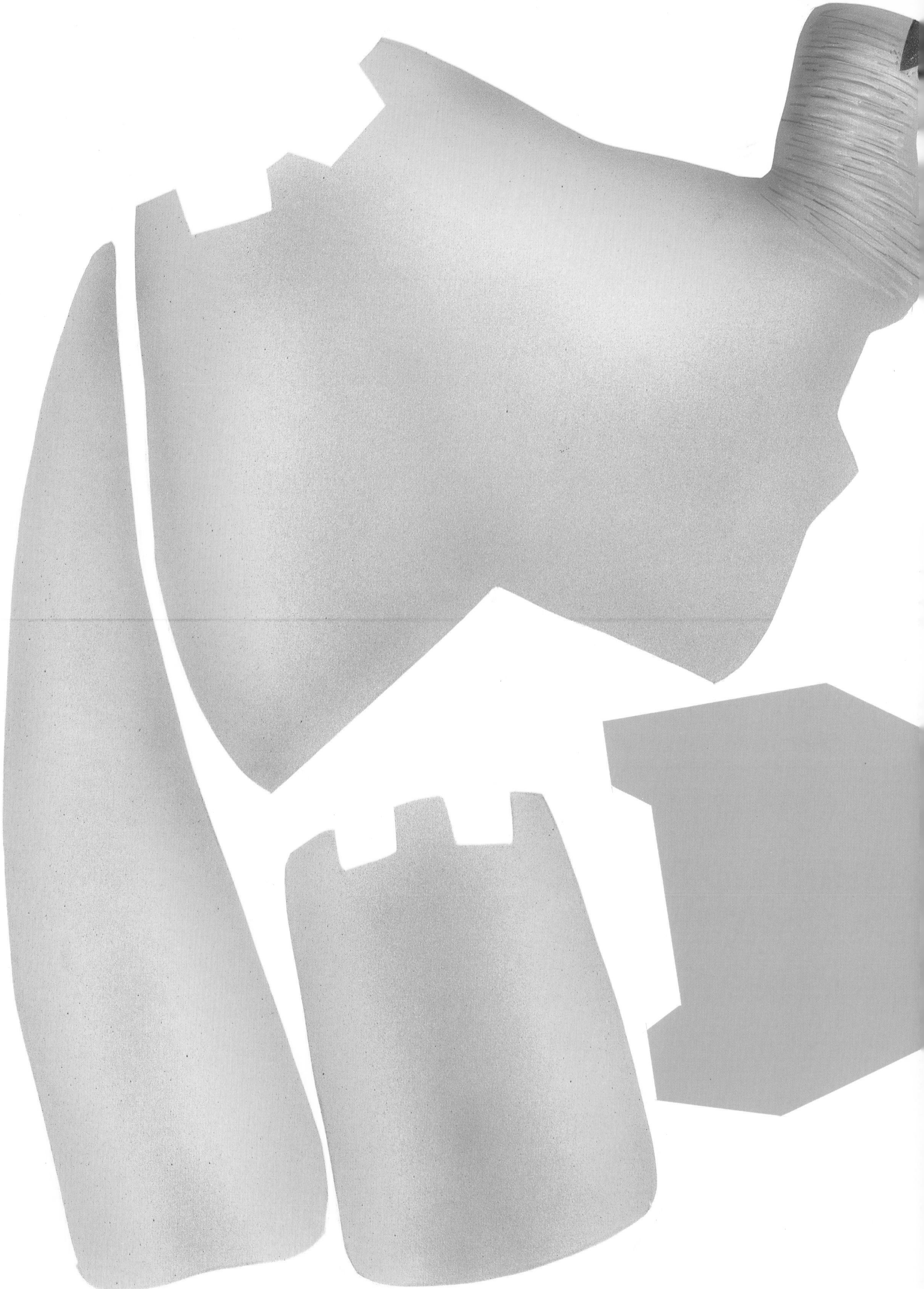

10
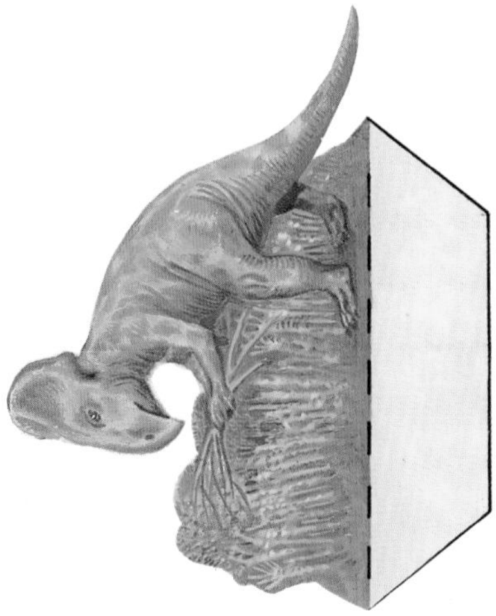

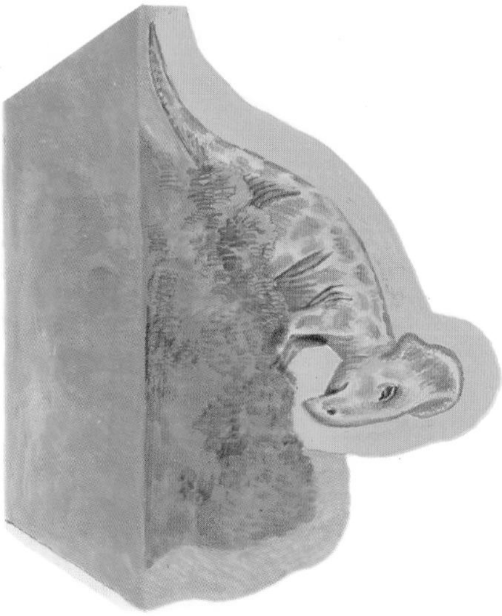

2

1

3
8

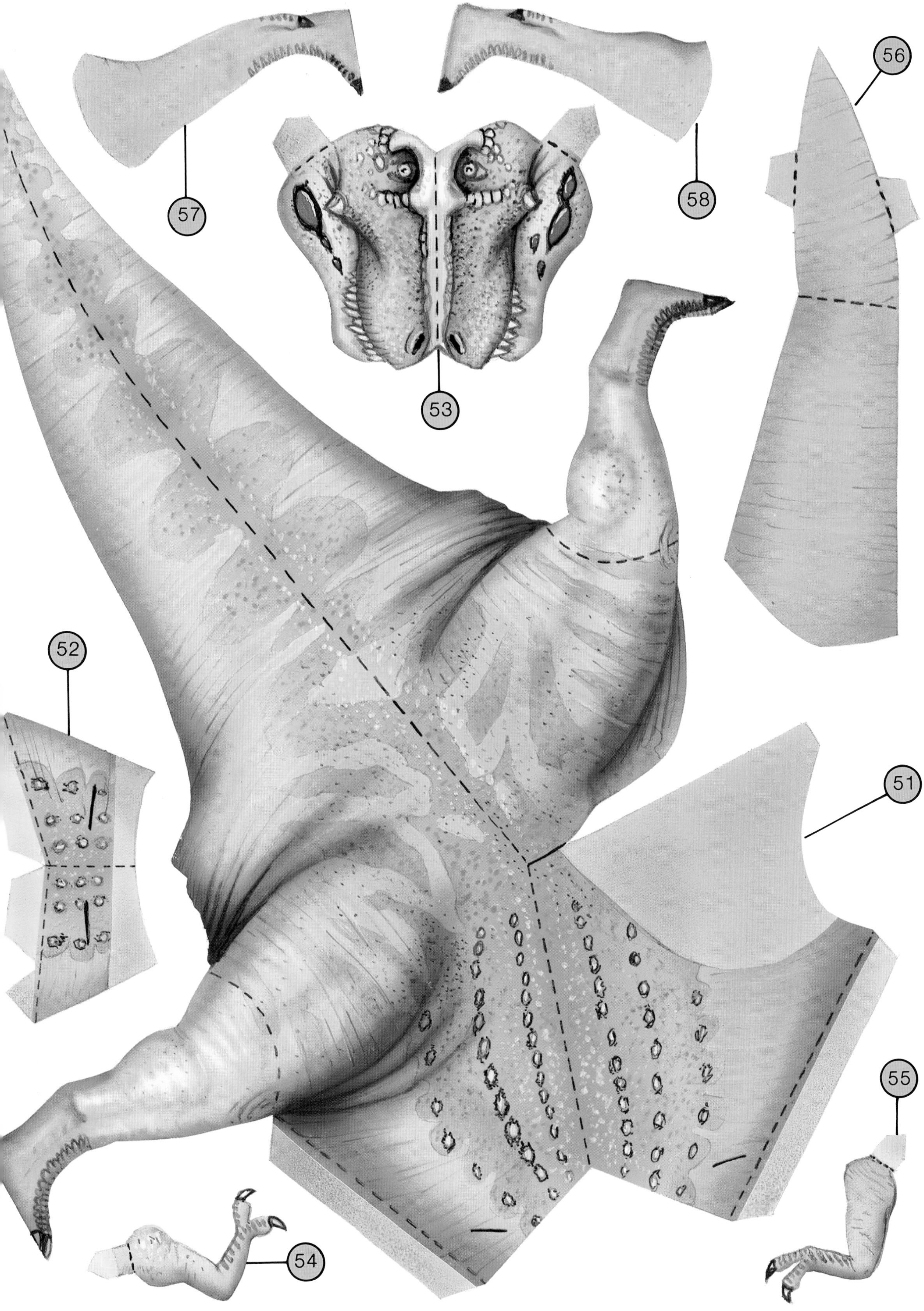
57
58
56
53
52
51
55
54

0
41
42
43
44
47
48